もっと生きていたかった

風の伝言

石川逸子

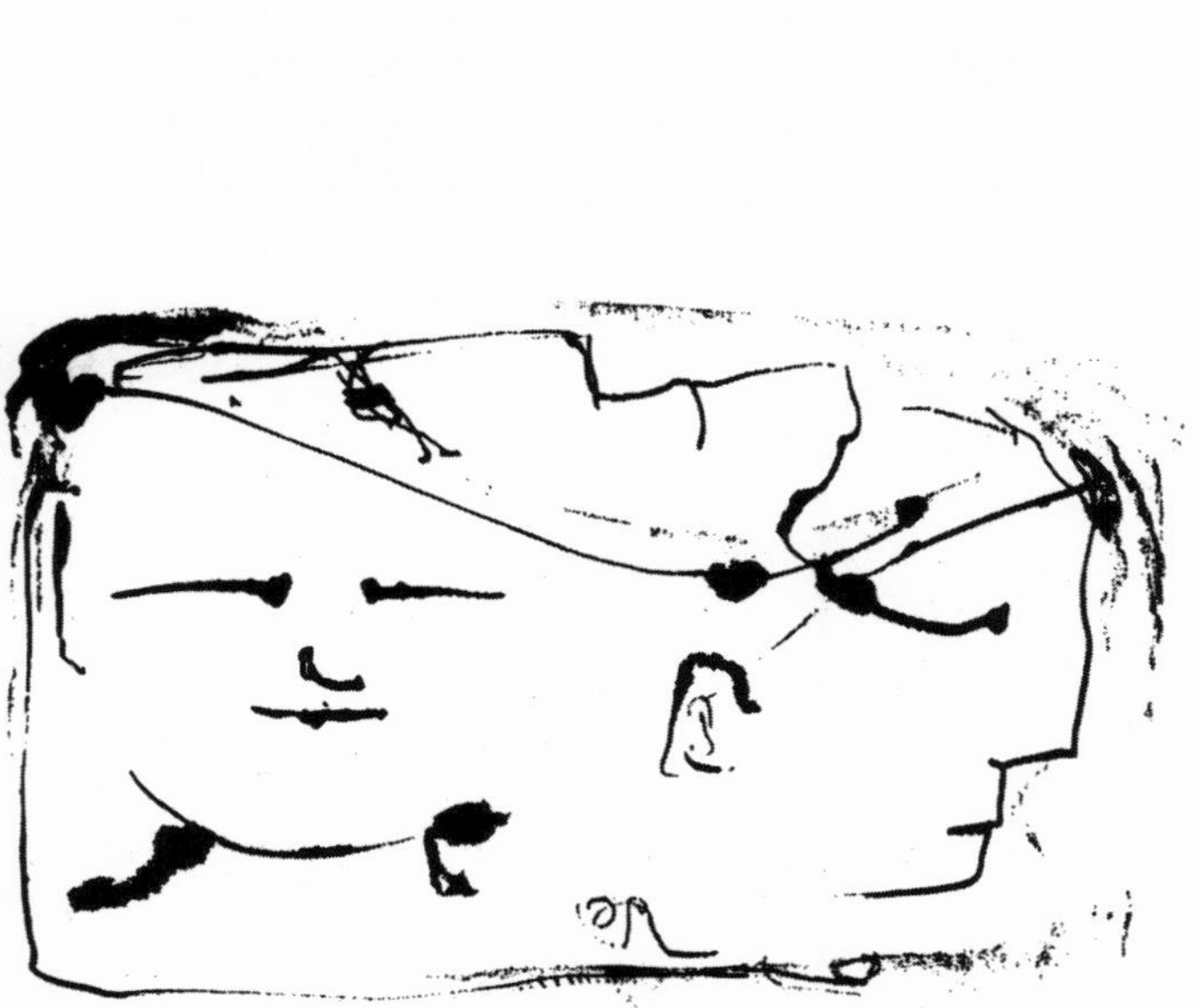

一葉社

もっと生きていたかった
——風の伝言

目次

装画・挿絵（28頁と117頁、123頁を除く）／水波　博

もっと生きていたかった

——風の伝言

問い

ヒトは　どうして　おなじ　ヒトを
それも　会ったことなどない　ヒトたちまで
飢えて死ぬほど空腹でもないのに
がばっと　殺せるんでしょうか

菜の花が
ゆれながら
風にきいた

風は

かおを　しかめながら
雲にきいた

雲は
ながれていきながら
月にきいた

月は
首をふって
くらい海にきいた

海は
底にたまっている
泥にきいた

泥は
いっしょに埋もれている
ヒトのされこうべに　きいた

されこうべは
だまって　ただ
ひっそり　涙をながしていた

小さな物語

「あなにやし　えおとこを」
「あなにやし　えおとめを」
うれしく　まぐあいあった　イザナミ　イザナギなのに
イザナギが「女人の先言　良からず」
言い放ったとき　神の物語は曲がってしまい
ヒトの物語は　血塗れていった

まれにみる数学者　哲学者だった　ヒュパティア
アレクサンドリアの輝く星だった　あなたが
二輪馬車から引きずり降ろされ　真っ裸にされて
その肉を　貝殻でそぎ落とされ　殺されてしまったとき

神の物語は　血塗れていった

長い　長い　年月を経て
曲がったままの物語は　ヒトの滅びにいたるのか
それとも　イザナミがながめた　海
ヒュパティアが設計した　天体観測儀の
まばゆさを取り戻すのか

猛々しい物語に　つぶされ
忘れられてしまった　タマシイたちが　呼んでいる
（豆粒ほどの　小さな物語を読んでみてね
　ほら　足元に転がっているでしょう）
はるかな古代にも　咲いていた　白百合　紅椿
いま　山陰で　ほんわり　目をみはっているよ

風がきいた

知ってますか　風がきいた　夜の木々に
一八九五年十月八日
日本軍と壮士らが　隣国の王城に押し入り
王妃を　むごたらしく殺害したことを
天皇が「やるときはやるな」首謀者をホメたことを
知ってますか　風がきいた　昼の月に
一九一九年三月一日

国旗をもって「独立万歳」　叫んだ朝鮮人少女が
右手　左手　次々　切り落とされ
なお　万歳を連呼して　日本兵に殺されたことを

知ってますか　風がきいた　ながれる川に
一九二三年九月二日
一人の朝鮮人女性が　自警団に手足をしばられ
トラックで轢かれ　「まだ生きてるぞ」
もう一度轢き殺されたことを

知ってますか　風がきいた　野の花に
一九四四年末
与那国島に船で輸送されてきた
朝鮮人「慰安婦」たちが　米軍機に銃撃され

アイゴー　叫びながら　溺れ死んでいったのを

木々が　月が　川が　野の花が
きかれなかった　海　泥土　までが
いっせいに答える
知ってます　知ってますよう
風が　日本列島を　たゆたいながら吹いていった

雪だるま

ここに　一枚の絵があります

絵の右下には　笑っている　雪だるま
右の手に　ホウキを高く掲げ
花の絵が描かれたバケツをかぶって
やさしいお母さんのようです

絵の左側から　雪だるまへ向けて
ソリに乗った子どもたちが
次々滑り落ちてきています

その向こうには
乳母車を押している　女の子
大きなボールで遊んでいる　男の子

雪だるまの上手には
三軒の家が　少しずつ離れて立っています
手前に大きく描かれた家は　窓が三つ
ベランダに鉢植えの花が並び
煙突から煙があたたかく　空に流れています
門のかたわらに　冬枯れの大きな樹が二本
この家の人々を守るように立っています
この絵を描いたのは
ユリエ・オグラロヴァ
その時　11歳でした

そして　今も　11歳のままです

1933年6月12日
チェコスロヴァキアに生まれた
ユダヤ人の少女　ユリエ・オグラロヴァ
ナチス・ドイツ占領後
プラハ郊外のテレジン強制収容所に
家族と共に連行され
10歳から15歳までの子どもが入る
《女の子の家》の3段ベッドに
容赦なく詰めこまれました

それまで片時も離れたことのなかった
お父さんお母さんに会うときとてなく

やがて見る影もなく痩せて
１９４４年10月６日
他の女の子たちとともに
ナチスがいう「新しい、もっと良い定住地」
〝東〟へ　貨物列車で移送されました

まる２日　ぎゅう詰めの貨物列車の中は
食べ物も与えられず　トイレへも行けず
ふらふらになって　辿り着いた先は
アウシュヴィッツ強制収容所
すぐに列を作って並ばされ
左右に選別されたのです
右の列に入れば　まだ生きられる
左の列に入れば　ただちに殺される

青ざめ　すっかり弱りきっていた
11歳の少女　ユリエは
白い手袋をはめたドイツ兵によって
きっと　左の列へと押しやられたことでしょう
そして　そのまま「シャワー室」へ

巧みな誘導によって
シャワーを浴びて清潔になるのだと信じ
洋服をきちんと畳み　その上に靴を乗せ
うれしく「シャワー室」へ入っていった
たくさんの子どもたち
荒々しく　ドアが閉められ
やがて天井から浴びせられたのは

猛毒のチクロンBでした
その部屋で　あどけない子どもたちが
どんなに苦しんだか　もがいたか
想像したくありません
考えたくありません

でも　それは　20世紀に　本当にあったこと
11歳の少女　ユリエ・オグラロヴァの上に
たくさんの子どもたちの上に
実際に起こったこと

そのことを忘れないでほしいの
考えてほしいの
雪だるまの絵は　静かに語りかけてくるようです

一枚の誕生プレゼント

ここに
一枚の誕生プレゼントがあります

ハートの形に切り抜いた紙に
五本の花々が鉛筆で丁寧に描かれ
中央に Fir frau Brandajs（大好きな先生へ）　と
記されてあります
テレジン収容所で　少女エリカが

慕っていた絵の先生
フリードル・ディッカーの誕生日に捧げたものです

母がいない子どもだったために
10歳にもならないのに
《女の子の家》に入れられてしまった　エリカ
どんなに心細かったでしょう
小柄で深い瞳をした　聡明な先生
フリードル・ディッカー先生を囲んで
絵を描くひとときが　何よりの喜びでした

もともとドイツに住み
「ユダヤ人狩り」のなか　チェコスロヴァキアに移ってきて
学校行きを禁じられたユダヤ人の子どもたちのために

自宅で絵画教室を開いていた　ディッカー先生
そこも危うくなり
先生のすばらしい才能と人がらを愛した
友人のドイツ人たちは　外国へ彼女を逃すため
パスポートとヴィザを用意してくれましたが
先生は断っています
「あの子どもたちを置いて助かるわけにはいかない」

呼び出し状が来たとき
あるだけの紙と絵具を荷物に詰めて
ナチスの作った　収容所という地獄へ
出発した　ディッカー先生

ドイツ兵の目を盗んで

三段ベッドのわずかな空間で開かれた
テレジン収容所の　先生の「教室」
たどたどしいチェコ語で
やさしく子どもたちに語りかけた　先生

「みんな　思い出して
あなたがたの　温かな家庭
グツグツ煮えていた　シチュー
テーブルいっぱいだった　クリスマスの贈り物
家の人に連れていってもらった　遊園地
回る　メリーゴーランド
天まで届け　と漕いだブランコ
あなたが育った家のまわりの
なつかしい風景　近くの駅

思い出して　細かく思い出して　描くのよ
一つ　一つ
いつか帰れる日を祈って」

小さなエリカにとって
先生はお母さんのようでもあり
お姉さんのようでもあり
とりわけ先生が　ときどき描いてくれる
花の絵が好きでした
これはポピー　これは水仙
これはアネモネ　これはコスモス
その花々を見ていると
みじめにお腹が空いていることも
自分たちの口には決して入らない

野菜作りの辛い労働も　いっとき忘れ
なぜか　ほのぼのした気持ちになれたのです

１９４３年７月30日
テレジンで迎えなければならなかった
ディッカー先生の誕生日

小さなエリカは
花の好きな先生に　本当の花をあげたくて
でも　本当の花は摘めないから
その代わりに　赤や青のクレヨンで
すてきな花を描きたくて
でも　そのクレヨンももうなかったから
ちびた鉛筆で一生懸命　花の絵を描きました

先生は　エリカのプレゼントが
とても嬉しかった　と思います

小さなエリカと　ディッカー先生
アウシュヴィッツのガス室に送られたのは
それから2年1か月後
奇しくも　同じ1944年10月16日
二人とも　2度と帰ってきませんでした

いつこ

一枚の地図

ここに一枚の地図があります

市販の地図で探しても
地図のなかの村は　見つからない
１９４２年　跡かたなく消えてしまった　村
マレーシア・ビラン州ジュルブ県イロンロン村

その地図を描いたのは
村が廃墟となったとき
14歳の少女だった　蕭月嬌

幻となった村の風景を
憤怒と悲哀のなかで　描きました

イロンロン村をゆったりと蛇行して
川は流れています
右手は　鬱蒼とした山地
村の中央　川と道路の間には
大きな錫の精錬工場
蕭月嬌の家の裏手には　学校
道路に面して　いくつかの店
小さな古い飛行場に
旗が２本　なびいています

村に入る道　また広い道路に沿って

あるいは川に沿って　家々が立ち並び
その一軒一軒に
住んでいた人の名が　丁寧に記されています
蕭来源
駱発
鐘月雲
張生
という具合に

まわりを山に囲まれ
空気はあくまで清らかに　作物は実り豊かに
戦いの日にも　桃源郷のように
穏やかだった　村
つつましく　堅実に

助け合って働いていた村人たち
蕭月嬌は
母と姉　弟との　4人家族
畑でせっせと働きながら
日々　ただ楽しかったのです
1942年3月18日
日本軍が不意に現れる　その日まで

その日
14歳の蕭月嬌は
母を　弟を　家を　失いました

ちょうど昼休み　19歳の姉と家の食堂にいて
自転車に乗って村に入ってくる　日本軍人に気付き

あわてて姉と裏門から抜け出し
這ってパイナップル畑に隠れたため
二人だけ助かったのです
まさか村中殺されるとは思わず
「日本軍はクーニャンを見ると犯す」
という噂に逃れたのでした

夜になって　さらに隣村まで逃れ
バナナ園の溝に隠れて
はるか燃え上がるイロンロン村を見ていました
姉と抱き合い　そんな遠くまで聞こえてくる
村人たちの絶叫を　震えながら　聞いていました

翌朝帰っていった村は

いっぱいの死体
母も　弟も　生きてはいなかった
幼い弟は　さんざん斬られてすぐ死ねず
道に這い出したのでしょう
もがき苦しんだ姿で　息絶えていました

「おう　どうしてこんな目にあわねばならないのか！」
１９８６年夏　日本にやってきて
むせび泣きながら　証言された
蕭月嬌さん
44年の月日が経っていました

姉は日本軍に連行されるのを恐れて
すぐ婚約者と結婚し

孤児となって過ごした解放までの
3年8カ月
飢え　タニシを取って食べ　空腹をごまかし
栄養失調で　目は黒ずみ
死に近い日々だった

「おう　どうしてこんな目にあわねばならないのか！
この世から　戦争を消滅させたい
それが願いです」
ハンカチで目を押さえ　言われました

イロンロン村
今は
一面に　生い茂る草々

風にしなう　荒れ果てた土地

そこに
かつて美しい村があり
人々が行き交い
つつましく働き
夢を語っていたことを
一枚の地図だけが　示しています

樹の葉がさわぐ
樹の葉がさわぐ
通りすぎていった風の声を
聴いていたのは
野ネズミ　ミミズク　おまえたちだけなのかしら

夢に見ない町

消えた　町
いちめん　灰の町

山に囲まれた　盆地一面　灰になった町
柱も　味噌甕も
オンドルも　燃え尽きた町

１９０７年秋に
消えた町
稲刈りの少女がいきなり撃たれた町
新妻が　手ごめにされた町

おどろいて
カナダ人マッケンジーが立った　廃墟の町

空だけが　たましいのように
青かった　町

灰のなかに
日の丸だけが　はためいていた町

こわれた城門に
私たちのおじいさんが　歩哨に立っていた町

堤川《チェチョン》
私たちがいちども習わなかった　町

マクベス夫人のように手を洗い続けることもなく
私たちがいちども夢に見ることもない　町

（義兵となって町を出て行った若者が
険しい山腹の窪みの仮寝で　なつかしく

夢に見る　町）

かつては屋根にトウガラシやキュウリが
並べて干してあった　町

白いチョゴリの女たちが
ゆったり歩いていた　町
堤川
消えてしまった　居酒屋
消えてしまった　家代々の記録

せめて　私たちの胸のなかに
幻の味噌甕に　一輪
白い喪の花を挿そう

仁川の倉庫で

あなたの名をたった今　耳にしたばかり
ファン・キチョル
いまも14歳のままの少年
江原道平康郡の出身とか

生きていれば
今年83歳

ある日
「明朝9時に警察署に来い」と言われ
おずおずと出頭してそのまま　戻っては来ませんでした

「脅され　なぐられて　貨物列車に乗せられました
真夜中に着いたところは　仁川・芝浦通信機組立工場でした」

キチョルに慕われた　安成得は
半世紀後に語ります
キチョルより二つ年上　16歳でした
「200人の子どもたちがそこにいました」

倒れても　泣いても
竹刀でなぐられ

夜明けから深夜まで　ただただ働いた
蚊がむらがり　湿った倉庫の宿舎
軍犬より粗末な飯
一日にトラック一台分の土掘り　モッコかつぎ
防空壕掘り

「おなかが空いてたまらないよ　ヒョンニン（兄さん）」
キチョルが言います
ひとなつっこい目は
土色のなかで小鹿のように輝いて

子どもたちは　病気にかかり出した
咳こみ　熱が出て　血が混じった痰が出る
キチョルもまた病気になった　でも働かねばならない

ある日　宿舎にいるとき
「おいっ　集合だっ　出て来いっ」
にわかに号令がかかった

病気の子どもたちは出られない
熱の体で一日働いたのだもの
もう1ミリも動けない
キチョルもまた　出られなかった

日本人監督は倉庫に入って行った
たちまち　怖ろしい悲鳴と
子どもたちをなぐる音が聞こえてきた

「倉庫にもどってみると
子どもたちは倒れたまま　鼻血を出し
口々に　〝オモニィ〟と呼んでいました」

キチョルは弱り切り　鼻血を出して
ぶるぶる震えていた

「抱いてやると　ヒョンニン　ヒョンニン
オモニィ　オモニィ　と言いました」
じっと　安は　キチョルを抱いていた
なにもできず　ただ　その目を見つめていた
突然　キチョルは　動かなくなった

「目を開いたまま　死んでいたのです

でも　そのことが私には　わかりませんでした」

寝ていたカマスにそのまま包まれ
運ばれていった　キチョル
どこへ運ばれていったのか

今　キチョルについてわかっているのは
これだけが全てです
享年14
その名を　そっと灯篭に記し　流します

寄せる波

波が光る
波が光る
日没　虹色に染まった海
小さな魚が　イソギンチャクが
見てしまったものを
歌っている

阿嘉島　阿古の浜
寄せる波は　見ていました
釜山　大阪などから拉致されてきた朝鮮人「軍夫」たちが
空腹のまま　休みなしに一日十時間以上の　特攻基地作り

「草の葉一枚取るな!」
アダンの実を取って殴られていたことを
日増しに増えていく　脱走者

寄せる波は　見ていました
怒った日本軍が　深さ2メートルの壕の中に
「軍夫」たちを閉じこめ
仕事　用便のときしか　外へ出さなかったことも

用便のとき　脱走を試みた
一人の若い「軍夫」
たちまち捕まり　軍本部にひきずっていかれます
木刀でさんざんに　彼を叩きのめし
米軍の砲弾がびゅんびゅん飛ぶ丘の上に

縛りつけた　N隊長
寄せる波は　見ていました
うめき声一つあげず　ただN隊長をにらんでいた　彼が
あくる日　阿古の浜で処刑されてしまったのを

寄せる波は　聞いていました
ゆえなく命を絶たれた　朝鮮人の若者の
今わの　すさまじい絶叫を

波もまた　怒りにふるえながら
ながれた血とともに
その声を　はるか　彼の故郷へ運んだのです

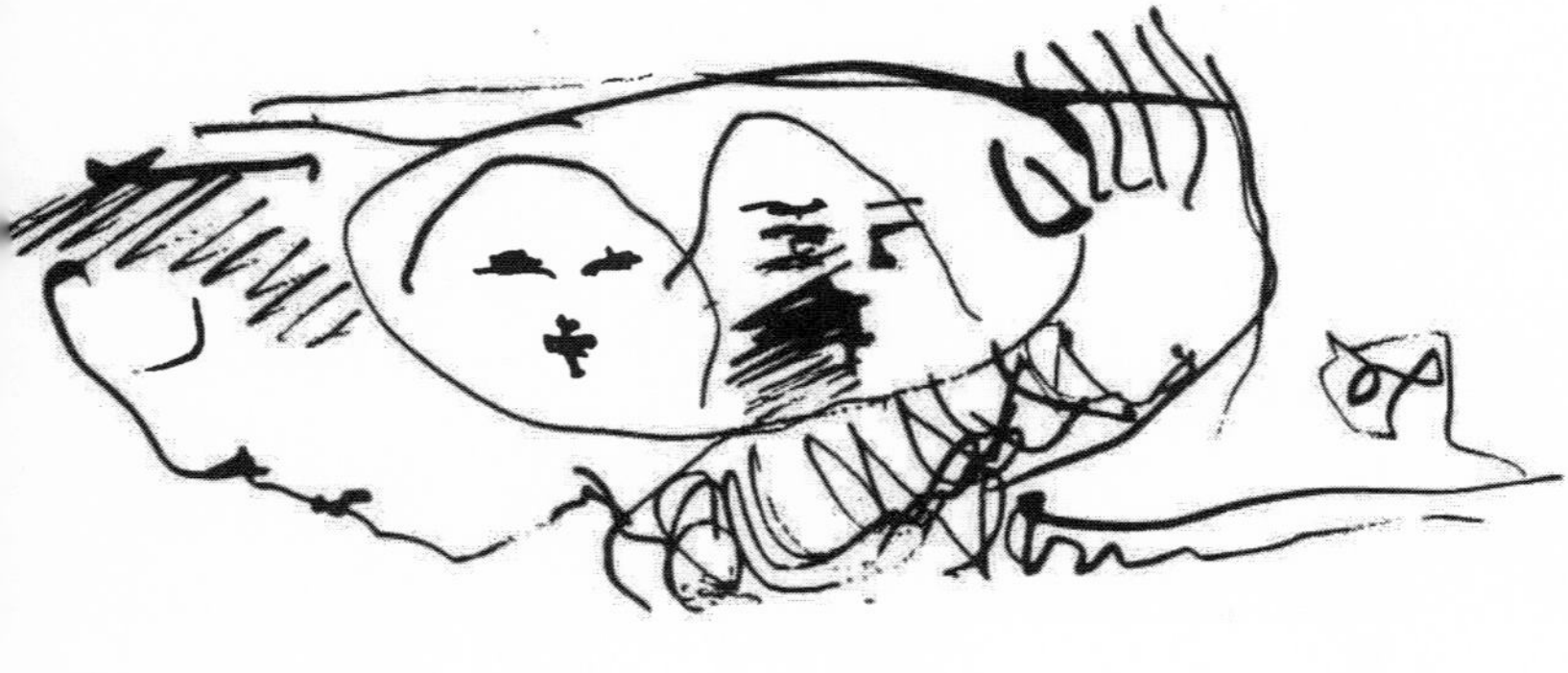

地図

ノートのなかの地図
家々　いくつかの池　神社　学校
隣村　牧場　東の村境にながれる川
それらをつなぐ　道
村をつつむ山々
ていねいに　ていねいに
地図は描かれ
しずかに叫んでいる

カケマ川で泳いだんだろうね

タタミ岩によじのぼったんだろうね
お宮の裏の林を　こわごわ駆け抜けたんだろうね
ふぶく雪に顔をぬらし学校へ通ったんだろうね

そしてもう帰ってこないんだね
たった二十歳で肉弾になるため
特攻機に乗りこんだままで

イヨイヨ出発トイフ時　天候不良ノタメ
中止　今日モ命ガ生キ伸ビタカ
此ノ世ノナカニ居ルト死ガニブル心ガ残ル

次の日　青空　１９４５年６月６日
プロの野球選手だった　あなた

あなたの武器は　バットとミットだったはずなのに
いま　あなたの描いた地図を見ています
動きだしそうな　家々
お母さあーん
そこから涙の顔を出して下さあい

白梅

ねえ　これはお掃除するってこと
防衛庁図書館で衛生隊の陣中日誌を読んでいた

カトリさんが　そっと尋ねる
「明日は紀元節なので××部落を掃討する」
赤鉛筆で記してある

ちがうわ
その村をすっかり討ち滅ぼしてしまうことよ
ええっ

カトリさんは戦後生まれなのだ
図書館を出ると
白梅が夕暮れに浮かんでいる
××部落に梅は咲いていたろうか
そこでどれだけの血が流れたろう

陣中日誌には
「炊事場近くでうずくまる中国人を発見
誰何すると逃げ出したが　追いかけて
捕獲した」
との1行もあった

笑い声

輜重兵特務一等兵　キタガワ・ショウゴ
1937年5月14日　銃弾に左胸部を貫かれ
戦死　享年24

幼い甥・姪たちへの手紙
「いまかうして戦ひあってゐる人々の中には
一人もいけないい人はいやしない
ただ戦争だけがいけないことなのだ」

若者は　一発の銃も「敵」に向けないことを
おのれに課した
中国の子どもたちとのんびり遊び　里人にタバコを分ける
家の中に彼を　招待し　飴をもてなし
入浴まですすめる　里人たち

「おじさんは　憎い敵兵は　ただ一人も見やしなかった」
「おじさんは　戦友に文句を言われても　自分では

とてもいい気分なのさ」
「次には　ロバの話　水牛の話　豚の話を書こう」
記した　若い「おじさん」は
小さな骨になって　生家へ帰ってきた

骨は（だれ一人殺さずにすんだ）と
嬉しそうに　笑っていた

「僕は一つの解決を射止めて、気軽に帰ってきた。
この嬉しそうな白木の箱の中で、赤ん坊のように
喚き立ててゐる　僕の声を聴いて呉れ給へ」
夜更け　耳をすまし　ひそやかな若者の
笑い声を聴こう

大津島

3月さくら咲く大津島
丘の上に置かれた鋼鉄の魚のなかに入りました
全長14・75メートル
胴直径わずかに1メートル
真ん中に開いた円形の入口の蓋を
同行の水上さんに閉めてもらうと
まっくら
真の闇

どうあがこうともう自分からは抜け出せない
両脚を前に出して坐ります
発射される
きこえてくるのは
荒いさびしい波の音
闇のなかにありありと見えてくるのは
あと何秒後のいのちの終わり

魚の突端の1・5トンの芍薬もろとも
粉々に千切れ飛ぶ　いのち

「海は静か　これが決戦の最中だろうかと心を疑わせます」
と友への手紙に書いた　19歳の小森一之

「母よ、ああお母ちゃん、光雄は護国の鬼となり
母さんに面会に家に帰りますと、特眼鏡に映じた水平線に祈りたり」
はたち、沖縄の海に散らばった松田光雄
「8月11日、1730、敵発見、輸送船団なる、我落付きて体当たりを敢行せん。
只天皇陛下万歳を叫んで突入あるのみ、さらば、神州の曙よ、きたれ」
8月11日朝　下ろされた人間魚雷に
乗りこんでいった　佐野元
彼は　18歳
その死の4日後に　日本は無条件降伏します
それから38年経って　天皇は天皇のまま
元気です

3月さくら咲く大津島
人間魚雷「回天」のどてっ腹の闇のなかで

ふるえながら
海の音を聞いています

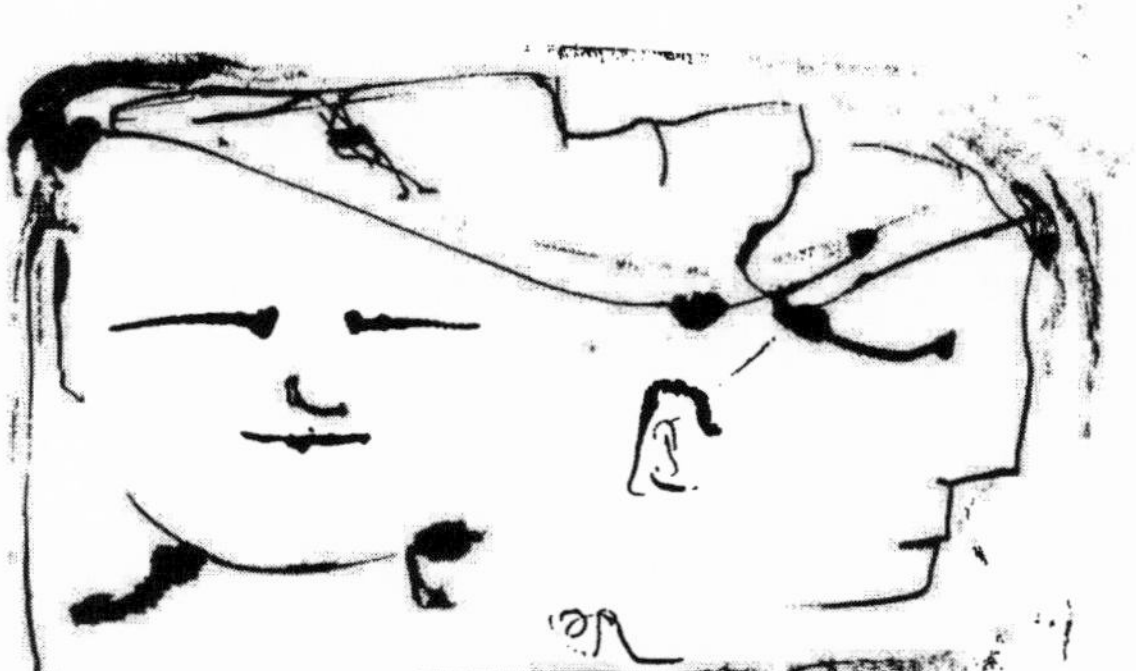

ヤカン

からん　と転がって
蓋のないヤカンが　ないている
　（あれは　沖縄の洞窟）

しいんと　まっくらやみのなかで
ヤカンが　ないている
　（あれは　沖縄の洞窟）

ヤカンの水を　ほんの一滴
のどに垂らした人たちは

みんなそのまま　白骨になって
（どんなに一気に飲み干したかったろう）

男の子も　母親も　老人も
怪我した兵士も
ものいわぬ　白骨になって

ヤカン一つ　いまも転がって
深々と　口を空けて　ないている
（あれは　沖縄の洞窟）

小さな手

沖縄・読谷村の
チビチリガマ
１９４５年４月　連合軍上陸時
そのガマに避難した住民　82名が
集団自決しました

いま　深い窪地のガマの入口には
チビチリガマ歌が　書きつけてあります

1
戦世《イクサユ》の《ヌ》あわれ《アワリ》　物語て下さい《ムヌガタテタボリ》
童孫《ワラビンマガ》世に《ユニ》　語て下さい《カタテタボリ》

2

波平《ハンザ》　チビチリヤ

私達《ワシタ》　沖縄世の《ウチナユヌ》　心肝痛め《ククルチムヤマチ》

泣くさ《ナチュサ》　沖縄《ウチナー》

3

泣くな《ナチュサ》　チビチリヨ《ウチナ》　平和世願て《ミルクユニガテ》

物知らし所《ムヌシラシトウクル》　チビチリョオー

闇の中に立って

うばわれた　小さな命を思いました

小さな手

やわらかな　小さな手

だれを害したこともなく

赤いニイニイ花をむじゃきに拾い集めた　手

耳をすませば　かわいい笑い声が
すぐそこに　聴こえるようだよ

（そんな小さな手のままで
こんなまっくらがりの洞窟のなかで
さみしい骨になってしまって）

（あなたを殺すことが　あなたを守ることだと
信じこまされて　あなたを突いた
お母さんの握った包丁も
すぐ　そばに　転がって）

小さな手

まっくらがりの洞窟のなかの
(あなたがたを弔うレリーフは
何者かにぶち壊され)

こんな小さなものの命を
また潰したがっているものがいるんだね　きっと

アー　友軍サエ来ナケレバ
オー　アメリカーサエ来ナケレバ

耳をすませば
あなたを手にかけ　自らも咽喉を突いて死んだ
お母さん《アンマー》の尽きぬ繰り言が

地底から響いてくるようだよ

小さな手
かつて　空の星を指さした　かわいい　手

だれのための戦だったのか
それでも《友》と呼べるのか

いま　地底にまでとどろく　米軍基地の轟音
壕のなかの　小さな骨たちは
まだ　ひくひく　泣いているだろうか

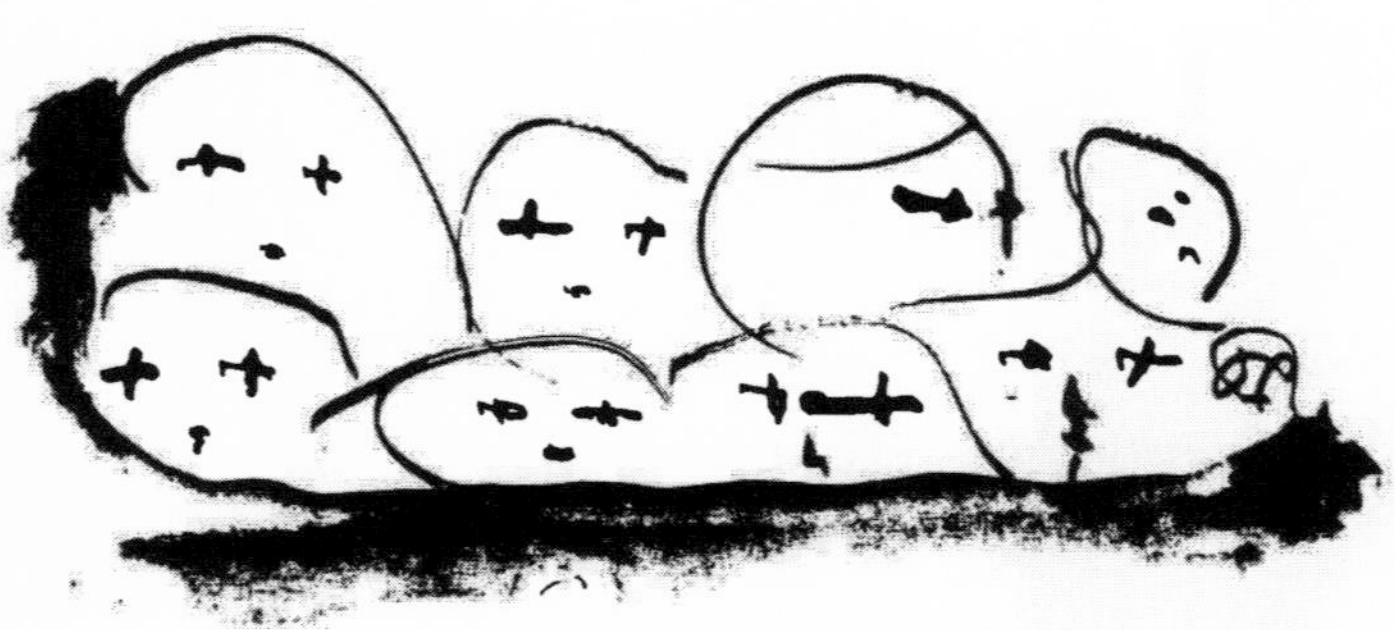

立ったままで

《わたし》が配属されたのは　小さな壕
先輩と　二人だけでした

先輩は　19歳
《わたし》は　16歳

そこで　傷病兵たちの　しもの世話から包帯換え
食事の介助　大小便の始末
なにからなにまで　二人でしたのです

壕のなかは　《わたし》たちが横になるところはなく
壕の入口の　小さな切り株に
一人だけ　腰かけて寝る　たったそれだけ

先輩は　すぐ立ち上がって
《わたし》に坐るように　言ってくれます

あとは　壕の柱につかまって寝るしかない
立ったまま　柱をつかんで寝たのです

あるとき　伝令に出た《わたし》が戻ってきてみると
壕はもろに砲撃を受け
生きているひとは　一人もいませんでした

美しかった先輩は　壕の壁に
ぺちゃっと　叩きつけられ
平たくなって　死んでいました

かすかな悲鳴

かすかに悲鳴がきこえます
はるかビルマの河に　沈んでいった
あなたの悲鳴が

私たち　その河を尋ね
あなたへの花束　そっと岸辺に捧げることもなく
あなたの名
あなたの命日も知らず

日本は天皇中心の神の国
口走った首相はそのために処罰されることもなく
日本が攻めていったことでアジアの国は解放され
感謝されているのだ　と

「慰安婦」は商行為　当時は合法だった
女たちは望んでいったのだと

声高に叫ぶ声は
国会にも　書物にも　テレビにも　はびこり始め
そんな列島に　かすかに　きこえてくる
あなたの　悲鳴

〝왜《ウエ》 이렇게《イロッケ》 고생을해야《コセングルヘヤ》……〟（なぜ　このような目に）
〝아이고《アイゴ》 내《ネ》 팔자야《パルチャヤ》！〟（おう　なぜ　このような目に）

遠く　ビルマの河底から
風もないのに　あれから70年以上経つのに

最前線

ひとりの少女
名は知らず
顔も知らず
わかっているのは
１９４１年６月
中国江蘇省・南新安嶺の〝日光館〟にいたとだけ

時折り銃声が聞こえる
「どこを見てもひしひしと淋しさが迫ってくる」
一人の兵士はひそかに日記に記す
侵略の皇軍はじっと見張られ

「どこかの分哨二つ　全滅をくらったそうだ」とも
そんな最前線に　あなたは連れられてきて
飢え　半身ずぶぬれになって川を渡り
とうもろこし畑に入って　とうもろこしを盗み

そして　夜は
明日の命知れない荒れた兵士たちに
桃の花のような若い生命を荒らされ
朝鮮ピーと蔑まれ
戦いはそれからなお4年余も続いて

（故郷はあまりに遠く
そこで畑仕事なさる父上《アボジ》は
川岸で洗濯される母上《オモニ》は

花嫁修業もさせてくれるといった日本の工場で
元気に私が働いていると　今も信じておられようか）

夜ごと
少女の胸にたまる涙を
騙された口惜しさを
ああ　夜ごと袋に詰めたら
この地球いっぱいに満ちて　はじけてしまうだろうに

ひとりの少女
名も知らず　顔も知らず　その後の行方も知らず
幾十年経って　あなたを探すすべもなく
あなたの恨は今なお続いているだろうに――

にぎりしめた手

にぎりしめた手
5歳
3歳
二人の柔らかな　柔らかな手を
ただ　にぎりしめた手

やがて　その手は　力を無くし
ぶらんと離れ
冷たくなった

廃墟のヒロシマの　バラックで
その母は　28歳だった

現地召集の夫が
捕虜となって
シベリアへ輸送されているとも知らず

あまりに幼い二人を残して
息絶えた　その母が
なにを思ったか　知るものはいない

ほどなく
3歳も逝き
5歳の子は　辛くも生を繋《つな》いだ

茫々50年
かつての5歳の子は
平和式典参加のため
移民したアメリカから海を渡ってきたが

「遺族でない！」
と　市から招請を拒まれる
「あなたの母は原爆手帳を持っていない」

では
あの母の死はなんだったのか
8月6日から2週間後
もはや声も出ず

ただ
ぎゅっと
にぎりしめてくれていた
あの優しい　手

あの母の死はなんだったというのか

かつての5歳の子は
両手をひろげ
見つめる

今際まで
その手を　ぎゅっと

にぎりしめてくれていた
母

その母の心を見つめる

小さな家

川に沿って
沈みこむように
小さな家は立っていた

右腕の無い父親は
(ダム工事で失くしたのだ)
こまめに行商して歩き
おなかの大きな母親は
缶詰工場ではたらき
六つの女の子と四つの男の子は
川でアサリや小魚を獲って家に運び
(父親は月を見ながら故郷の山を想い)

八月六日
小さな家は消えてしまった
四人の家族はどうなったか

ほんの少しの消息もきかない

わたしみたくたった一人でも生き残らなんだか
かなしい目をして　金ばあさんが言った

アボジ！　オンマー！
幼くはずんだ声がきこえてくるように
金ばあさんは　川べりに立ちつくしている

カエリタイノダ

カエリタイノダ

カエリタイノダ
骨ニナッテイレバナオサラ
カエリタイノダ
ツツジノ花イチメンニヒラク
オレノフルサトヘ
カエリタイノダ
ゲンカイナダヲワタリ
カエリタイノダ
コンナ百メートル道路ノ下デ
毎日オビタダシイ車オビタダシイ
日本人ノ群レニ
骨ニナッテイレバナオサラ
踏ミツケラレテイタクナイノダ
フルサトノ草茂ル丘ニ

ヒッソリトカエリタイノダ
カエリタイノダ

波多先生

あなたは　ほんのうら若い娘だったのに
一瞬に　黒髪は真っ白になって——
頼りすがる　血まみれの生徒たちを
背に負い　両腕にも抱え
炎の街を　木の葉のように

漂い　歩いて
日赤病院構内の築山で
教え子を背負ったまま
息絶え

炎のなかで　あなたは
白髪になった　あなたは
教え子の目に
いつもより　はるかに大きく見えた　という

みずからも爛れたまま
教え子をかばい
白髪の母鳥となって羽ばたいた

ほんの　うら若かった娘よ
波多先生——

繁華な鷹野橋前に立つと
あなたの後姿が見えてきます
目のつぶれた生徒を背負い
ふるえおののく　生徒たちをしかと抱えたまま
よろめき　前へ進もうとする
服ぼろぼろの　体ごと焦げたあなたが

あなたは死に
あなたの必死にかばった教え子たちも死に
あなたの跡を追い
あなたを見失った教え子たちも死に

たった一人　生き残り　あなたの姿を
手記に残した
坂本節子さんも　ついに胃がんで死に
いま　到頭だあれもいなくなってしまった
雑魚場《ざこば》強制疎開跡片付け作業中だった
第二県立女学校の生徒たち

ちらばった靴も
叫びも
賑やかなビルの並びに消えて
波多先生
でも　うら若いあなたの姿は
薄く　薄く　涙のように霞んだまま
大きな母鳥となって

遠く　ヒロシマの暮れていく空に——

トモちゃん

トモちゃんは
日本が敗けてから22年も経って生まれましたから
戦争のことは知りません

カーキ色のゲートルも　もんぺ　も
「クウシュウケイホウハツレイーイー」も知りません
「大日本帝国ゥ　万ザイィィーー」も知りません

少女だったお母さんが
長崎に住んでいて
防空頭巾をかぶって
坂道をかけおりていったことも知りません

なんにも知らないトモちゃんが
五つのとき　高熱で倒れて
「再生不良性貧血」だといわれました

小さいトモちゃんは　血を吐き
鼻血をはげしく噴き出し
どんどん血が足りなくなっていくのです

お母さんは
思い出すまいとしていた8月9日の閃光に
いままた　ぱっと照らし出される思いでした

（私は3キロの地点にいた
怪我ひとつしなかった
でも　放射能は浴びたのです）

特別爆撃作戦16号
22歳のチャック・スウィニーが操縦する機内から
アシュワース中佐が投下した　プルトニューム爆弾
「太っちょ（ファットマン）」

人間の魔の心が作り出し

にんげんのからだにすみついて
2万4000年アルファ線を出しつづける
プルトニューム239

あれから27年目の8月16日
すきとおるように細くなって
ポーンと内臓が破裂してしまった　トモちゃん

一番大きいお星さまになるの
トモちゃんは言っていた
お母さんは夜空を探します

つめたくはないの
そんなに遠くては毛布もかけてあげられないのに

闇のなかで
どんなにさびしいか
寝る前にしてあげたお伽話のこえも
とどかないのに

どんな返事もなくて
ただチカチカと
トモちゃんの星は
たてこんだ家々の上で光っています

チャーチロック

あのかすかな鳴き声は
地中に生きたまま　埋められた
チャーチロックの
ヤギ　牛　それとも　馬？

べとべとのベントナイトにからまれ
前脚の先を僅かに地上に残して
地中に固められてしまった
ファニーおばあさんの　山羊よ

白人の男たちはふいにやってきて　木を引き抜き
ダイナマイトで　あちこち穴を開け
用がすむと　ベントナイトを流しこみ
ファニーおばあさんの抗議に
社長は陽が上がってくる方に住んでる
そっちへ言ってくれ　と答えた

男たちは　ウランを掘るのだ
ウラン鉱滓は　これから何千年
放射能を持ち続け
ナヴァオ族を肺がんにしていくだろう

ボタ山で遊んでいた
ファニーおばあさんの九つの孫も

呼吸ができなくなって
夜中に死んだ

チャーチロックの深夜は
地中の　動物たちの
すすり泣きで
驟雨のようだ

死んだ坊やの泣き声は
混じっていないか
白髪のファニーおばあさんは　暗いベッドに
起き上がり
じいっと　耳を澄ましています

花桃咲く村で

――阿智村の満蒙開拓平和記念館を訪ねて

花桃咲く村で
Ｋさんの話を聞いた

満蒙開拓団に　たった十四歳でくわわった
Ｋさん

花桃咲く村に
再び帰れなかった　同じ団の七十三人
小さな子どもたち

年寄り　女性たちばかり
暗夜のトウモロコシ畑で　七十三人は
どのように　はかなくなったか

語る　Kさん
哀しい話を　鳥たちが聴いていた

花桃の花も
聴いていた

――国策とは　奪った異国の地に
おらたちを　笛太鼓で送り出してよ
その地に放り捨てることだったに――

Kさんの嘆き　が

遠く雪を被った山々に　こだましていった

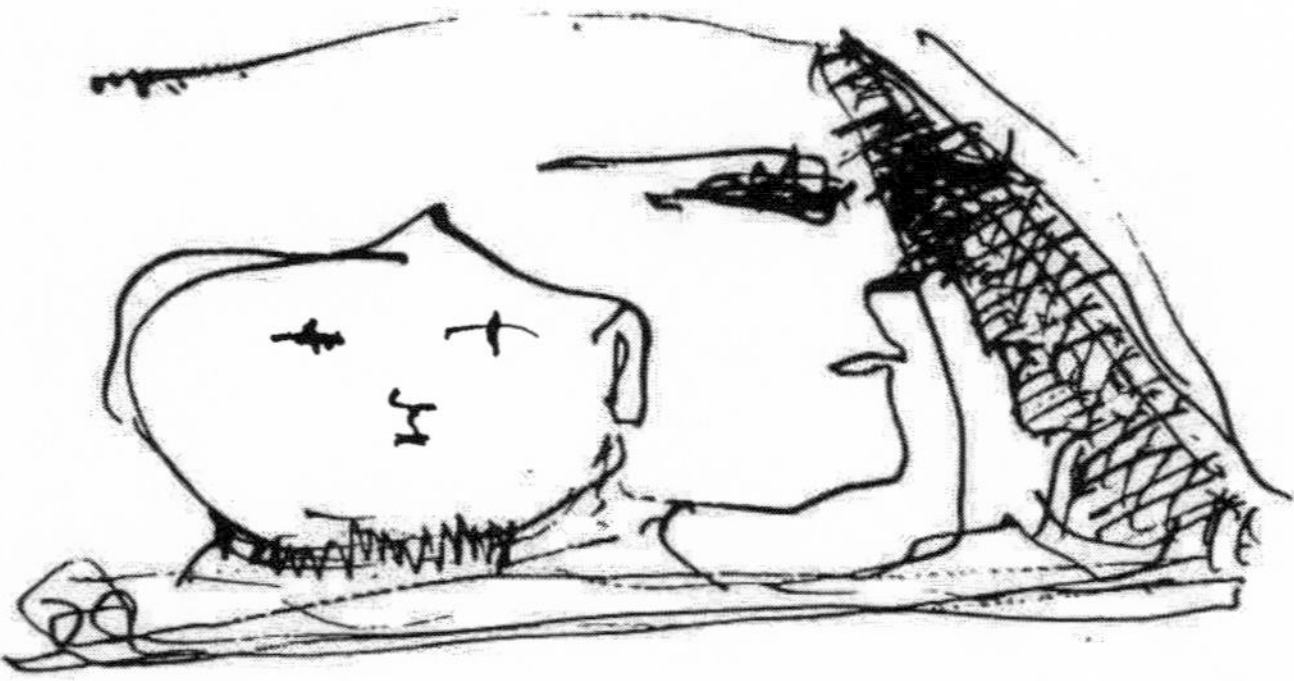

雪よ

——ユーゴ空爆で

怯え　うろたえ
大地を逃げ惑う男は
知らない
はるか遠い空の高みで
テキに見張られ
もはや逃れようもないことを

あと3秒で
命奪われるとも知らず

逃げ走る男を
モニター画面で追いつづける
米軍兵士は
神になったつもりだろうか

雪よ
冬でなくとも
どうか今
吹雪いて吹雪いて降り積もり
地上の男の姿をすっかり隠してください
吹雪いて吹雪いて降り積もり
機上の兵士の乾いた心にまで
白く　涙のように積もってください

21世紀になって

地球上のほとんどを巻きこんで
争いあった　20世紀
勝つためなら　次々使用された
地雷　毒ガス　生物兵器　ナパーム弾　クラスター爆弾
原子爆弾　劣化ウラン

そのなかで　次々
殺されていった　ひとたち

せめて　次の世紀は　平和でありたい　と

だれも　懸命に願った　のではないでしょうか
今　そして　21世紀　戦いは止まず
ハエのように　殺されていく　人たち　が
この星のうえで
ますます増えていくのはなぜでしょう

米軍イラク攻撃

——2004年・ファルージャ

白い　青い　大小の布に

丸ごと　くるまれているのは
米軍の銃弾に砕かれた　ファルージャの　子どもたち
米軍に狙撃された　子どもたち

白い　青い　大小の布に　くるまれ
子どもたちは　なにも言いません
怯えて逃げようとしただけだったことも
ともに殺されてしまった　杖をついたおじいさんのことも

白い　青い　大小の布に　くるまれ
子どもたちは　なにも言いません
（サッカー選手になりたかったよ）
（星をながめるのが好きで　天文学者になりたかったの）

白い　青い　大小の布に　くるまれ
子どもたちは　もう　なにも知りません
心の拠り所だったモスクまで　焼かれ
旗をかかげた病院さえ爆撃されたことも

骨も溶ける白リン爆弾で　クラスター爆弾の破片で
顔も　手足も
あたたかな心臓も
ばらばらに砕けつぶれた　子どもたち

白旗をかかげていても撃たれるから
遠い墓地には運んでもらえず
サッカー場に埋められてしまった　子どもたち
それさえ　命がけでした

砕かれた子どもたちは　知りません
いま元気な子どもたちの　どれだけが
劣化ウランで　やがて体内を壊され
お化けのように蒼ざめていってしまうか　も

でも　幾千年　ゆるゆるとながれ続ける大河
チグリス川・ユーフラテス川は　すべてを見ています

そう　すべてを見て　海へ　空へ　土へ
あったこと　すべて　どこまでも　どこまでも
伝えていくでしょう

イラクの花

ピンクの　紫の　レモン色の
花々　が　咲いている
米軍にたえず狙撃される　イラクで

花は　見たろうか
「負傷している女性を病院に運ぶところだ」と英語で告げた
エンディニアのワディが
米兵に心臓を射抜かれてしまったのを

花は　叫んだろうか

通学途上　7歳のハイサンが
わけもなく米兵に頭を撃たれ　路上で死んでいったとき

花は　風から聞いたろうか
電気工学が学びたかった州兵のジョンが　炸裂した爆弾で
車ごと　燃えてしまったのを

砂は　花々に伝えたろうか
日本国に助けを求めながらかなわず　殺されていった若者のことを

花々は　咲いてきた　太古から
大河のほとりでまわる　水車の音に　耳をすませながら

いま　花々は　泣いているのか　怒っているのか

葉に　つぼみに　劣化ウランを浴びつつ
殺されたヒトを　悼んでいるのか

ピンクの　紫の　レモン色の
天に向かって　開く
イラクの　花々

マーゼン

少年は　夜の外気が吸いたかった
家の中も外も　ただ真っ暗

その日はなぜか　ひっそりしずまりかえって
国境線近くの難民キャンプの敷地内を走りまわる
イスラエル軍のジープやブルドーザーの気配も消えていた

「ブルドーザーがいなくなったかどうか
見てくるよ」
闇の中に少年はそっと出て行って
ほどなく　銃声がひびいた

あわてて外に出た母親は
目をこらし
地面にうつ伏せになっている少年を見つけた
「マーゼン！」
抱き起こし　家にひきずりこむ母親にまで

銃弾が飛ぶ

少年は首をやられ　胸　腹も撃たれ
それでも　生きていた
だが　やってきた救急車まで銃撃を浴び
なかなかキャンプに近づけない
その間に　少年は逝ってしまった

２００４年8月30日
ガザ南部・ラファァに住んでいた　マーゼン・アル・アガ
享年15
おしゃれで　足が速くて
ゲームが大好きだった少年

「ここはラファ　珍しいことではない」
ガザで活動する一人の日本人女性は書く
「夕方5時　スタッフと墓参に行きます
遠い日本でもほんの一瞬　マーゼンを偲んでもらえたら」

そこは　ラファ
そう　銃撃は珍しいことではない
マーゼンの父も　母も　兄も
家を出ようとしただけで
銃弾を浴び　怪我したこともあったのだ

イスラエル紙は報じる
「ブルドーザー近くに　パレスチナ人が
移動するのを目撃　発砲」

ただ夜の空気を吸いたかった　マーゼン
トマト売りの物真似がうまくて　やさしかった　マーゼン
今はつめたい土のなかに……

牛のささやき

牛舎で
倒れている　牛たち
道ばたで　ハタリ　倒れる牛たち

地震では崩れなかった牛舎が
放射能汚染区域となり
突如　避難させられた　飼い主たち

倒れていく牛は知らない
ホウシャノウという言葉も

牛舎も　自分の乳も　すでに汚染されていることを
――福島原発に頼っていたトウキョウでは
原発推進をなお主張　津波被害を天罰と言った
男が　トップ当選していた

息絶えようとする牛は
無人の家近くをさまよう　犬は　猫は
そんなことは知らない

（神国日本は不敗）の次は
（日本の原発は安全）神話の
生贄になった　動物たち　人間たち

（ハーメルンの男の吹く笛に

いつまで
付いていこうとするのだろうね？）

深夜　牛舎を照らす月光のなか
ものいわぬ牛の遺体が
ひそと　ささやき交わすのを聞いた

いつこ

せめて

いつも　自分勝手に　気づかずの
わたしでありました
どれほど多くのひとに
トゲを刺してきたことでしょう

いつも　ながされて　ながされて
得意顔に　ラッパ吹いたりしている
わたしでありました
ピシッとした柱のないままに

ははん　やっと気付いたか
空行く雲が　情けなさそうに　ながれていきます

悔いてすむことでもあるまいし
平和のなかで　戦争の用意していて　どうするの？
呆れた声は　ヒナゲシか　ヤモリか
平和のなかで　平和を紡ぐことの
なんという　難しさ

生きたいのに生きられなかった
数え切れないほどの　ひとたち

せめて　目を閉じ
縁あった　一人の幼子の　面影だけでも

この胸に　しずかに　しまいましょう

「どうして……こんな目に」
「なぜ　ぼくを殺すの　なぜ？」

生きたかったひとたち　の　必死の問いが
大きく　この星の　どの地にも
谺するようになったとき
その問いに　わたしたちが　深く　頭を垂れたとき
ようやく
この星は
柔らかく　青うく　輝きはじめ
キリンの　モミジの
ヒトの　子どもたちの

かわいい笑い声が
天にひびいていくのでしょうか

樫の木じいさん

子リスは
樫の木じいさん　の　傍らの草むらにすわって
話を聞くのが好きです

オホン　ウッホン
おじいさんは　ときどき　咳きこみながら

子リスが生まれるまえ　いえ　子リスの父さん
いえ　ひいおじいさんが　生まれるまえ　の　まえ
森は　どうだったか　話すのですから

ねえ　その頃も　リスはいたの
ああ　いたとも　おまえみたいな悪戯リスがね
あちこち　飛びまわっていたものさ

森は　その頃
いまより　ずっと広かったといいます
そんな森に　時折　ニンゲンたちがやってきて
敬虔な祈りをささげたそうです

わたしのところへもやってきて　ひざまずき

いつまでも　祈っていたものさ
あのころは　ニンゲンも　けなげだったな
あのころの　夜の星々の輝きはみごとだったな

おじいさんが　ふと　だまってしまったとき
子リスは　はるかな昔が　今そこで
うずくまっているようにおもえます
オホン　ウッホン　ウホン
おじいさんの咳だけが　森にひびいていきます

あとがき

本年4月16日の日米共同声明は、台湾有事のさいは、米軍の指揮下、自衛隊が中国軍と戦う尖兵となる可能性を秘め、再び琉球弧が、さらには日本列島全体がイケニエになりかねない怖い声明に思えます。かつて台湾海峡危機のさい、核戦争を計画し、報復で沖縄が消えてもやむを得ないと考えた米国なのです。コロナやオリンピックの陰に隠れて、私たちを監視し、縛る法律が今、次々上程されているのも、その下準備といえないでしょうか。

政府に監視され、民間に利用される恐れも大きい、菅内閣肝入りの「デジタル関連法」。自衛隊・米軍基地・原発などの施設周辺の土地利用について市民を監視対象にし、罰則も設ける「重要土地規制法」。

新自由主義の旗のもとに、仮想敵国を作って、軍事予算をふやし、本来中国領であった尖閣諸島、朝鮮領であった竹島を日本領と偽り、危機を煽る。なぜ隣国を敵視し、友好の道を探ろうとしないのか。この国はなんと歴史に学ばない国でしょうか。

一旦、世界に目を転じれば、其処にも、かしこにも、いわれなく殺戮され、恐怖に怯えるひとびとがいて……。

（性懲りもなく、再び屍の山を築く気かよ）——地底から聞こえてくる、もっと生きていたかった、ひとびとのかすかな呟きに耳を傾けねばと思うこの頃です。

2021年6月　紫陽花咲く季節に

石川逸子

引用・参考文献

石川逸子『オサヒト覚え書き 追跡篇』（一葉社）
石川逸子詩集『このくにのあまたのまどから』（ヒロシマ・ナガサキを考える会）
石川逸子詩集『もっと生きていたかった』（ヒロシマ・ナガサキを考える会）
F・A・マッケンジー／渡部学訳注『朝鮮の悲劇』（平凡社／東洋文庫）
『回天』（回天顕彰会）
『風のたより』13号（石川逸子発行）
韓国挺身隊問題対策協議会編／従軍慰安婦問題ウリヨソンネットワーク訳『証言――強制連行された朝鮮人軍慰安婦たち』（明石書店）
北川省一『三儲軍談』（現代企画室）
『抗路』4号
「在米被爆者、藤田恭雄の思い」（『ヒロシマ・ナガサキを考える』64号より）
柴田昌平監督 映画『ひめゆり』（プロダクション・エイシア）
下嶋哲朗『南風の吹く日』（童心社）
「第二次大戦戦時沖縄朝鮮人強制連行虐殺真相調査団報告書」
田辺利宏『夜の春雷』（未來社）

『朝鮮民主主義人民共和国の戦争被害と戦後補償』(戦後補償実現市民訪朝団発行)
寺畑由「マーゼンのために」(『ナブルス通信』２００４・９・８号より)
『日治時期森州華族蒙難史料』(森美蘭中華大會堂)
野村路子『テレジンの小さな画家たち』(偕成社)
『鳩になって』(江戸川被爆者の証言 第一集)
『ヒロシマ・ナガサキを考える』13号・30号(ヒロシマ・ナガサキを考える会)
御庄博実・石川逸子詩文集『哀悼と怒り』(西田書店)
山本辰太郎編『海ゆかば――ある特別攻撃隊員のノート』(私家版)
レスリー・J・フリーマン／中川保雄・中川慶子訳『核の目撃者たち』(筑摩書房)

石川逸子（いしかわ・いつこ）
1933年、東京生まれ。日本現代詩人会会員。1982年より29年間、ミニコミ通信『ヒロシマ・ナガサキを考える』全100号を編集・発行。
主な著書に、『オサヒト覚え書き 関東大震災篇』『オサヒト覚え書き 追跡篇 —— 台湾・朝鮮・琉球へと』『オサヒト覚え書き —— 亡霊が語る明治維新の影』（一葉社）、『三鷹事件 無実の死刑囚 竹内景助の死と無念』（梨の木舎）、『歴史の影に —— 忘れえぬ人たち』『てこな —— 女たち』（西田書店）、『道昭 —— 三蔵法師から禅を直伝された僧の生涯』（コールサック社）、『日本軍「慰安婦」にされた少女たち』（岩波ジュニア新書）、『われて砕けて —— 源実朝に寄せて』（文藝書房）、『〈日本の戦争〉と詩人たち』（影書房）など。
主な詩集に、『新編 石川逸子詩集』（土曜美術社出版販売）、『たった一度の物語 —— アジア・太平洋戦争幻視片』（花神社）、『定本 千鳥ケ淵へ行きましたか』（影書房）、『［詩文集］哀悼と怒り —— 桜の国の悲しみ』『ぼくは小さな灰になって…。—— あなたは劣化ウランを知っていますか？』（共著、西田書店）、『狼・私たち』（飯塚書店）などがある。

もっと生きていたかった
—— 風の伝言

2021年7月7日 初版第1刷発行　2024年8月15日 同 第2刷発行
定価 1000円＋税

著　　者　石川逸子

発 行 者　和田悌二
発 行 所　株式会社 一葉社
〒114-0024 東京都北区西ケ原1-46-19-101
電話 03-3949-3492 ／ FAX 03-3949-3497
E-mail : ichiyosha@ybb.ne.jp
URL : https://ichiyosha.jimdo.com
振替 00140-4-81176
装 丁 者　松谷 剛
印刷・製本所　モリモト印刷株式会社

ISBN978-4-87196-082-3